Coordinación editorial: M.ª Carmen Díaz–Villarejo
Maquetación: Macmillan Iberia S.A.

© Del texto: Victoria Pérez Escrivá, 2011
© De las ilustraciones: Claudia Ranucci, 2011
© Macmillan Iberia, S.A., 2011
    c/ Capitán Haya, 1 – planta 14. Edificio Eurocentro
    28020 Madrid (ESPAÑA)
    Teléfono: (+34) 91 524 94 20

www.macmillan–lij.es

ISBN: 978–84–7942–834–1
Impreso en China / *Printed in China*

GRUPO MACMILLAN: www.grupomacmillan.com

Victoria Pérez Escrivá

SIGRID Y
EL MISTERIOSO CASO

DEL

AZÚCAR PUTREFACTO

Ilustración
de Claudia Ranucci

Prólogo

Aquella noche el doctor Van Muelas y su ayudante Otorrine salieron como de costumbre, aprovechando la oscuridad impenetrable. Como todas las noches, iban en una misión secreta.

El doctor Van Muelas era pálido y delgado como un lápiz. Su ayudante Otorrine era de color violeta y delgado como un lápiz al que le han sacado punta muchas veces.

Los dos eran vampiros.

Lápiz azul que no es un vampiro.

Momia: no sabemos qué es porque nadie le ha quitado nunca las vendas.

GRRR...

Esa noche estaban muy contentos. Acababan de recibir un paquetito que llevaban esperando mucho tiempo. El doctor Van Muelas lo miraba aliviado. Por fin podría continuar la estirpe de vampiros.

Después de abrirlo con satisfacción, lanzó un sonoro y aterrador alarido que se escuchó en toda la ciudad, pero que casi todo el mundo confundió con una motocicleta.

Hombre lobo: no es un vampiro, aunque son amigos.

Dragón: aunque tiene alas de murciélago, tampoco es un vampiro.

7

Uno

Sigrid vivía en la Gran Manzana Roja de la Avenida de los Olmos. La casa se llamaba así porque tenía forma de manzana gigante y era de un color rojísimo.

La Gran Manzana Roja la había construido el padre de Sigrid, que se llamaba el señor Mellegren.

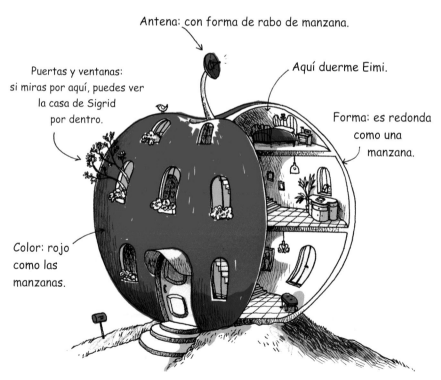

Antena: con forma de rabo de manzana.

Puertas y ventanas: si miras por aquí, puedes ver la casa de Sigrid por dentro.

Aquí duerme Eimi.

Forma: es redonda como una manzana.

Color: rojo como las manzanas.

LA CASA DE SIGRID

Platillo volante

Os voy a contar cómo era el señor Mellegren.

Al señor Mellegren le gustaba construir casas gigantes con formas de frutas. También le gustaba pilotar aviones y estaba seguro de que los platillos volantes no existían.

—¿Está usted seguro? –le preguntaban en televisión.

—¡Segurísimo! –exclamaba.

El señor Mellegren no cree en los platillos volantes.

El señor Mellegren siempre salía en televisión y la gente siempre lo aplaudía.

El señor Mellegren también estudiaba violonchelo en sus ratos libres, y coleccionaba sillas raras.

Silla "Van der Rohe": fue idea de un alemán. Nadie sabe en qué se inspiró.

Miguitas de galletita de jengibre si te sientas encima de ella.

...

Silla "Eiffel": para huéspedes indeseados.

Silla "Lounge Chair Wood": aquí se puede sentar mucha gente!

Las sillas tenían nombres difíciles de pronunciar.
Sigrid se sabía el nombre de todas las sillas.

La profesora de Francés le enseñaba los nombres
de las sillas francesas, como la silla *Eiffel*.

La profesora de Alemán le enseñaba los nombres
de las sillas alemanas, como la silla *Van der Rohe*.

La profesora de Inglés le enseñaba el nombre
de las sillas inglesas, como la silla LCW (*Lounge
Chair Wood*), y a cocinar galletitas de jengibre.

A Sigrid le encantaban las galletas de jengibre;
y saltar encima de las sillas de colección de su padre.

Cuando saltaba se le ocurrían grandes ideas.

Ideas geniales.

Y brillantes.

También le ayudaba a resolver las tareas de la escuela: como el día que la señorita Alicia les puso una división muy complicada que Sigrid resolvió después de saltar ciento ocho veces en tres sillas diferentes.

Saltar le ayudaba a pensar.

Pero solo lo hacía cuando su madre no estaba en casa.

Tengo veinte manzanas y quiero meter la misma cantidad entre cinco cestos. ¿Cuántas manzanas cabrán en cada cesto?

Sigrid resolvió esto saltando en cinco sillas distintas, y le pusieron un diez en Matemáticas.

Afortunadamente, la madre de Sigrid casi nunca estaba en casa.

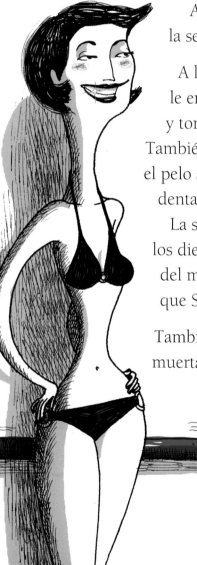

Ahora os contaré cómo era la señora Mellegren.

A la señora Mellegren le encantaba salir de compras y tomar el sol en Miami. También le gustaba cepillarle el pelo a Sigrid y revisarle la dentadura.

La señora Mellegren creía que los dientes eran lo más importante del mundo y por eso no dejaba que Sigrid comiera chucherías.

También creía que su madre muerta, o sea, la abuela de Sigrid, se comunicaba con ella a través de las tuberías de la calefacción. (La abuela de Sigrid había muerto de frío en un lejano país llamado Suecia).

Cuando algo peligroso estaba a punto de suceder, la calefacción subía de temperatura y las tuberías ardían al rojo vivo.

Aquella noche la calefacción de la Gran Manzana Roja subió muchísimo de temperatura, y la señora Mellegren paseó nerviosa y en camisón por la casa.

—¿Qué querrá decirme? ¿Qué estará a punto de pasar? –se preguntaba.

Al día siguiente, Sigrid se cayó de la silla *Lounge Chair Ottoman*… y se partió un colmillo.

Y aquí comienza nuestra historia.

OH…

Dos

—¡Ohhhh! –exclamó la señora Mellegren mirando la boca de Sigrid, y luego añadió aliviada–: Bueno, afortunadamente, solo es un colmillo de leche, pero tendremos que ir al dentista para que te saque ese pedacito.

Pero por más que buscaron, todos los dentistas estaban muy ocupados. Ese invierno había una extraña epidemia de caries entre los niños de la ciudad.

Los niños perdían los dientes.

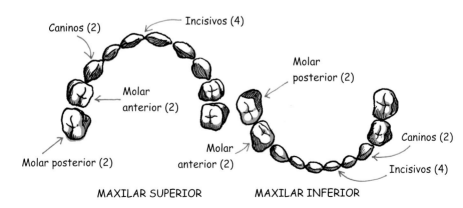

Primero se les agujereaban, luego se les ponían negros y, al final, ¡se les caían!

Delante de las consultas de los dentistas había largas colas de niños desdentados. Por eso a los señores Mellegren les costó mucho encontrar un dentista. Solo pudieron encontrar uno que atendía por las noches.

GRAN ODONTÓLOGO, CON ENORME EXPERIENCIA. ESPECIALISTA SOLO EN COLMILLOS.

PRECIOS MUY ESPECIALES PARA LOS NIÑOS.

La tenacidad de R
benbauer, un profesion
do en la prensa valen
publica su primer lib
grado que por sus pági
len militares, policías
ros, actores y testigos,
unos sucesos que mar
garrote vil el crepú
franquismo. Con rigor
dad de escritura el aut
catado una historia qu
ba un final, que agu
que la familia de Geo
pudiese visitar su tum
cementerio de Tarra
cierto que fue un asesi
probó no aquella versió
y mentirosa de una d
sino esta investigación
tica de la democraci

a Justicia

de la deplorable situación del servicio
nano contra los políticos, se muestra
lo que llama "presiones mediáticas"

"GRAN ODONTÓLOGO, CON ENORME EXPERIENCIA. ESPECIALISTA SOLO EN COLMILLOS. PRECIOS MUY ESPECIALES PARA LOS NIÑOS", decía el anuncio.

—Es un anuncio rarísimo –meditó la señora Mellegren hojeando el periódico–, pero ya que es especialista EN COLMILLOS, lo mejor será que te llevemos allí.

Sigrid asintió con la cabeza.

La consulta del dentista estaba a las afueras de la ciudad. Era una casa gris, con forma de sombrero de copa. El señor Mellegren frunció el ceño. A él solo le gustaban las casas con forma de fruta, por eso no quiso entrar y esperó fuera, sentado en el coche.

Casa plátano caribeño: es una casa muy original, pero el interior está hecho de piel de plátano y es muy resbaladiza. Nadie quiere vivir allí.

Casa mandarina china: es una casita muy pequeña, para gente muy bajita y tímida.

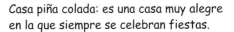

Casa piña colada: es una casa muy alegre en la que siempre se celebran fiestas.

El ayudante del dentista les abrió la puerta y sonrió con una sonrisa que parecía un accidente en un cementerio. Luego les hizo un gesto para que pasaran.

El dentista los atendió inmediatamente.

Sigrid abrió la boca.

El dentista miró dentro de la boca de Sigrid, y después miró de reojo a su ayudante. La señora Mellegren miró al ayudante del dentista y se percató de la extraña mirada pero inmediatamente se le olvidó, porque se distrajo pensando que el ayudante del doctor tenía muchísimo pelo y que su piel era de un extraño color violeta.

Antes de marcharse le preguntó en qué playa había tomado el sol para conseguir ese bonito bronceado.

El ayudante del dentista solo pudo sonreír misteriosamente porque era mudo y le ofreció a Sigrid una enorme bolsa de chucherías. Sigrid dijo que no con la cabeza, pero le dio las gracias.

Qué hombrecillo tan extraño, se dijo la señora Mellegren.

Cuando salieron de la consulta, Sigrid
llevaba su diente partido en una bolsita
de terciopelo rojo que le había dado
el dentista.

—Para el ratoncito Pérez —le había dicho el doctor
Van Muelas.

—El ratoncito Pérez no existe —había contestado
Sigrid.

—Los platillos volantes tampoco —añadió el señor
Mellegren conduciendo el Mustang.

La señora Mellegren no decía nada porque estaba
planeando su próximo viaje a Miami.

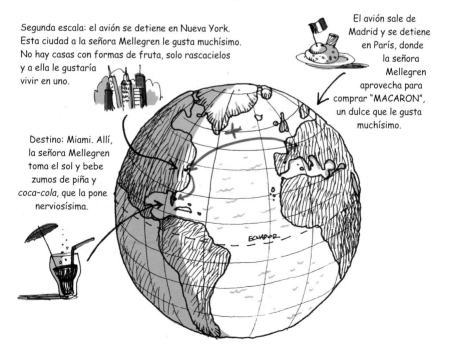

Segunda escala: el avión se detiene en Nueva York.
Esta ciudad a la señora Mellegren le gusta muchísimo.
No hay casas con formas de fruta, solo rascacielos
y a ella le gustaría
vivir en uno.

El avión sale de
Madrid y se detiene
en París, donde
la señora
Mellegren
aprovecha para
comprar "MACARON",
un dulce que le gusta
muchísimo.

Destino: Miami. Allí,
la señora Mellegren
toma el sol y bebe
zumos de piña y
coca-cola, que la pone
nerviosísima.

ECUADOR

Tres

En casa de los señores Mellegren también vivía Eimi.

Ahora os contaré cómo era Eimi.

Eimi era una china bajita y misteriosa que hacía comidas relajantes para la señora Mellegren.

Las comidas relajantes de Eimi podían dejarte dormido durante mucho tiempo. Gracias a las comidas de Eimi, Sigrid podía saltar sobre las sillas de colección después de comer, mientras su madre dormía.

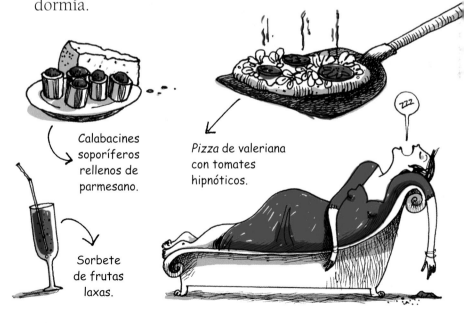

Calabacines
soporíferos
rellenos de
parmesano.

Pizza de valeriana
con tomates
hipnóticos.

Sorbete
de frutas
laxas.

Eimi también ayudaba a Sigrid a elegir la ropa
y le hacía peinados extravagantes delante del espejo.

Sensación
de caracol

Moño
Italiano

Caracol

Crazy Sweete

Peinado "Marie
Antoninette"

Esa noche eligieron el pijama de lunares azules y Eimi le hizo un peinado nuevo.

Eimi metió la bolsita de terciopelo rojo debajo de la almohada.

—El ratoncito Pérez no existe –dijo Sigrid.

Eimi no dijo nada y apagó la luz.

—No va a venir –dijo Sigrid, y se quedó muy quieta en la oscuridad, escuchando.

Escuchando.

Escuchando.

Entonces oyó un ruidito.

La ventana se abrió y dos sombras pequeñas
y negras entraron en la habitación. Eran pequeñas
como un ratón, pero más oscuras y tenían alas.

Sigrid no se movió.

Uno de los ratones se metió debajo de la almohada
de Sigrid y cogió la bolsita.

¿El ratoncito Pérez?

El otro ratón abrió la bolsita de terciopelo, sacó
el colmillo de Sigrid y metió algo dentro. Luego
empujaron la bolsita debajo de la almohada los dos
a la vez.

Cuando acabaron, saltaron de la cama al suelo,
pero uno de los ratones tropezó con la alfombra
y se cayó por la ventana.

Pero no se quejó.

El otro ratón corrió a la ventana, se asomó y luego lanzó una enorme risotada que a Sigrid le pareció el sonido de una motocicleta. Entonces saltó por la ventana y se marchó volando.

¿Volando?

¿El ratoncito Pérez vuela?

Cometa:
Sigrid nunca
ha volado una cometa,
pero le gustaría.

Cosas que vuelan:

Superman: nadie cree
en Superman, pero
la señora Mellegren vio
uno en Las Vegas.

Platillos volantes:
(el señor Mellegren
no cree en los
platillos volantes,
pero Eimi vio uno.)

Papá Noel:
Trineo con renos
voladores que toman
Volidrina, una pastilla
especial para poder volar.

Ratoncito Pérez:
no tiene alas. ¿Vuela?
Sigrid no cree en el
ratoncito Pérez, pero sí
cree en Papá Noel.

Bumerán: es muy
difícil hacerlo
volver.

Cuatro

Sigrid esperó en la oscuridad, con los ojos muy abiertos. Estaba muy quieta y escuchaba.

Escuchaba.

Escuchaba.

Hasta que no escuchó nada.

Entonces se sentó en la cama, encendió la luz y abrió la bolsita de terciopelo rojo. Dentro había una cosa pequeña y brillante.

¿Un diente? ¿Un diente nuevo?

Era blanco.

Muy afilado.

Brillaba.

Y estaba nuevecito.

Sigrid lo volvió a guardar en la bolsita y reflexionó sobre todo lo que había pasado. Aún era de noche y había visto al ratoncito Pérez. Aunque era más grande de lo que le habían contado.

El ratoncito Pérez no existe, se repitió, pero metió la mano dentro de la bolsita otra vez y tocó el diente con los dedos.

Era tan suave…

Lo sacó y se lo probó.

El diente se encajó en su boca perfectamente.

Sigrid sintió algo extraño.

Corrió al cuarto de baño para mirarse en el espejo.

Era un diente muy bonito, y le sentaba muy bien.

Cuando trató de volver a dormirse no pudo, así que pasó toda la noche despierta.

Pensaba en cosas distintas, cosas que no había pensado nunca.

Pensaba en noches oscuras.

Y noches de luna llena.

Pensó en pequeños pájaros negros.

Y en bocadillos de sobrasada (a ella no le gustaba la sobrasada).

Pensó en lo asquerosos que eran los ajos (a ella no le gustaban los ajos).

Comenzaba a amanecer, y sin saber por qué,
decidió meterse en la funda del violonchelo
de su padre.

Cuando Eimi fue a despertarla a la mañana siguiente Sigrid, no estaba.

La señora Mellegren dio un grito aterrador que a Sigrid, dentro de la funda del violonchelo, le pareció una ambulancia.

Entonces asomó la cabeza y Eimi la vio.

Cinco

—¿Qué hacías ahí? –le preguntó Eimi.

Sigrid se encogió de hombros.

Desde esa noche todo empezó a ir fatal.

Sigrid estaba muy pálida.

—Tengo sueño –se quejó Sigrid cuando Eimi la obligó a vestirse.

—Tengo sueño –volvió a decir Sigrid cuando Eimi le hizo un nuevo peinado extravagante.

Eimi la llevó a rastras al colegio.

Pero Sigrid no quiso salir al patio; se acurrucó debajo del pupitre y mordió a la señorita Alicia cuando intentó sacarla.

También le robó el bocadillo de sobrasada a uno de sus compañeros.

Al final llamaron del colegio para que alguien la recogiera.

Sigrid traía una carta del colegio. Era una carta muy educada:

Estimados señor y señora Mellegren:

Lamentamos mucho tener que expulsar a Sigrid de las clases, pero lo muerde todo. Hoy ha mordido a la señorita Alicia, la profesora de Matemáticas; también ha mordido el pupitre y el respaldo de la silla.

Y con esto no pretendemos insinuar nada. Es un verdadero disgusto para nosotros perder a una alumna tan estudiosa como Sigrid.

Si un día deja de morder vuelvan a traerla.

La directora

—Tengo sueño –se quejó Sigrid cuando
llegaron a casa, y se volvió a meter en la funda
del violonchelo.

Eimi bajó la tapa y se sentó a pensar.

Y pensó.

y pensó.

y pensó.

Eimi pensó en muchas cosas.

Pensó en los platillos volantes.

Ella sabía que sí existían, aunque el señor
Mellegren dijera lo contrario.

Y en la abuela de Sigrid. Ella también
sabía que se comunicaba con ellos
a través de la calefacción.

También pensó en el ratoncito Pérez (ella sabía
que el ratoncito Pérez existía, aunque Sigrid dijera
lo contrario).

Y en la extraña epidemia de caries que había
en la ciudad… y de pronto… ¡pensó en vampiros!

¿Vampiros?

Eimi sintió un escalofrío.

Había un vampiro en la casa.

Estaba segura.

Eimi miró a su alrededor.

Miró debajo de la cama.

Y dentro del armario.

Miró detrás de la puerta
y dentro de la funda
del violonchelo.

Sigrid abrió los ojos y dijo:

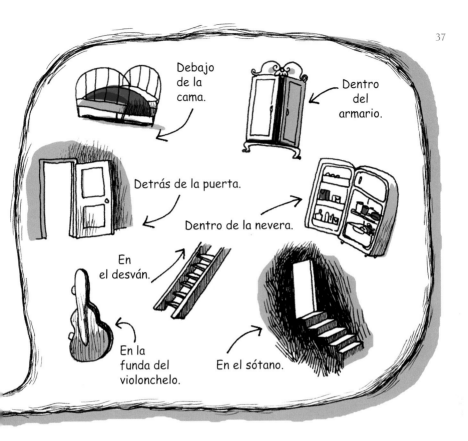

Debajo de la cama.

Dentro del armario.

Detrás de la puerta.

Dentro de la nevera.

En el desván.

En la funda del violonchelo.

En el sótano.

—Tengo hambre —ya estaba anocheciendo.

Eimi esquivó un mordisco de Sigrid.

—Perdón —se disculpó Sigrid avergonzada.

Eimi vio que un diente nuevo relucía dentro de su boca.

Sigrid se lo enseñó.

—Me lo ha traído el ratoncito Pérez —le explicó Sigrid.

El diente era un poquito más largo que los demás y tenía la punta muy afilada.

Eimi lo supo enseguida.

—Ahora eres un vampiro –le dijo Eimi.

—Ahora soy un vampiro –le dijo Sigrid a su madre.

Su madre despertó al señor Mellegren.

—Sigrid es un vampiro –le explicó la señora Mellegren al señor Mellegren.

—Los vampiros existen –dijo el señor Mellegren en un programa de televisión.

—¿Y los platillos volantes? –preguntó
el entrevistador.

—No, eso no –contestó el señor Mellegren,
aunque ahora ya no estaba tan seguro.

Seis

Desde aquella noche, Sigrid dejó de ir
al colegio.

Sus padres comenzaron a buscar un colegio
que abriera por las noches, pero no encontraban
ninguno. *Los niños no salen por la noche*, le explicó
su madre, consternada.

Mientras tanto, Sigrid pasaba el día durmiendo
y al llegar la noche se despertaba.

Ahora os contaré cómo era Sigrid.

A Sigrid le gustaba mucho cambiar de peinado y,
sobre todo, saltar sobre las sillas de colección de su
padre. A Sigrid no le importaban los dientes, pero
se los lavaba todas las noches para no disgustar a su
madre; a cambio su madre le dejaba que se probara
su ropa.

A Sigrid le gustaban mucho las matemáticas
y cantaba muy bien. Cuando había visitas, Sigrid
cantaba mientras Eimi le acompañaba
con una flauta.

Sigrid disfrazada con la ropa de su madre.

Sombrero de Stephen Jones.

Peinado extravagante para lucir con sombrero: Rizo Giselle.

Collares de Relax.

Abrigo Audrey.

Bolso de Louis Primor.

Cadenita para llevar un perrito del diseñador Cani-miau.

Zapatos Vittorio Puccino.

Sigrid tenía dos amigas, pero las dos se habían ido a vivir a otra ciudad. Su mejor amiga se llamaba Carlota y vivía en China. Sigrid había ido con sus padres a China a visitarla y habían vuelto con Eimi.

Su otra amiga se llamaba Violeta y vivía en San Francisco, que era una ciudad llena de calles que subían y bajaban y que cansaban mucho a la señora Mellegren. Por eso no habían ido a vivir a San Francisco, a pesar de que Sigrid se lo había pedido muchas veces.

Pero Sigrid recibía cartas de sus dos amigas y las guardaba en una caja secreta junto a otras cosas secretas.

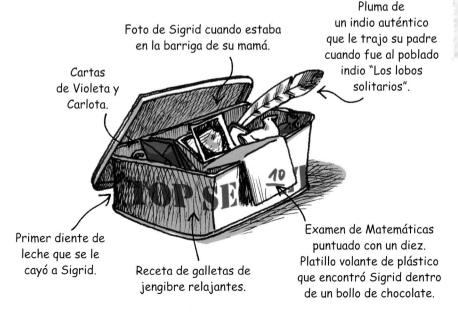

Pluma de un indio auténtico que le trajo su padre cuando fue al poblado indio "Los lobos solitarios".

Foto de Sigrid cuando estaba en la barriga de su mamá.

Cartas de Violeta y Carlota.

Primer diente de leche que se le cayó a Sigrid.

Receta de galletas de jengibre relajantes.

Examen de Matemáticas puntuado con un diez. Platillo volante de plástico que encontró Sigrid dentro de un bollo de chocolate.

Sigrid tenía dos amigas nuevas que se llamaban Clara y Catalina.

Ahora que no podía ir al colegio ya no las vería más.

Ya no tenía a nadie con quien jugar.

Se aburría mucho.

Muchísimo.

Tenía que buscar amigos nuevos.

¿Otra vez? Se lamentó Sigrid.

Se asomó a la ventana y miró. La calle estaba oscura, *Los niños no salen por la noche*, pensó con fastidio.

No había nadie.

Nadie.

¿Nadie?

Sigrid vio un perro negro. El perro miró
a Sigrid.

—Hola, perro –dijo Sigrid.

—Me llamo Tomás –le contestó el perro
malhumorado– y solo soy un perro
por las noches.

—A mí no me importa que seas un perro
por las noches –dijo Sigrid bajando a la calle
por el canalón del desagüe–. Yo soy un vampiro
todo el rato –añadió, y le enseñó su diente nuevo.

Tomás esquivó un mordisco de Sigrid y le soltó
un gruñido.

—Lo siento –dijo Sigrid avergonzada–, no sé por
qué hago eso.

—Porque eres un vampiro y a los vampiros
les gusta la sangre –le explicó Tomás rascándose la
oreja con una pata.

Sigrid puso cara de asco.

—A mí no me gusta la sangre, pero me gustan
los bocadillos de sobrasada –contestó Sigrid.

Luego le enseñó su diente nuevo y
le contó que había visto al ratoncito
Pérez. Bueno, en realidad,
había dos ratoncitos.

—Uno debía de ser su ayudante
–reflexionó Sigrid.

—El ratoncito Pérez no existe
–contestó Tomás sacudiéndose las pulgas.

—Pero yo lo he visto –protestó Sigrid.

—¿Y cómo era? –preguntó Tomás.

Sigrid le describió las dos sombras pequeñas
y oscuras que habían
entrado en su habitación.

—Además, volaban –recordó Sigrid.

Tomás arrugó el morro.

—Los ratones no vuelan –contestó.

Sigrid no dijo nada y se quedó muy pensativa.

Luego Sigrid preparó un bocadillo de sobrasada que Tomás se comió de un solo bocado y más tarde jugaron a Recoger Papeles en la Calle.

A las diez Sigrid y Tomás tienen que encontrar papeles y bolsas de plástico y botellas y latas vacías y otras cosas que la gente tira.

El que encuentra más cosas gana el juego.

Luego tiran lo encontrado a un cubo de basura.

A veces encuentran cosas que la gente pierde como una moneda o una fotografía de carné que Sigrid guarda en su caja secreta.

Al amanecer, Sigrid dio un largo bostezo y de un salto se metió dentro de la funda del violonchelo.

¿Qué se encuentra al recoger basura de la calle?

Bolsa de patatas fritas.

Lata de refresco.

Caja de cigarrillos vacía.

Papeles con números escritos.

Monedas y ¡un billete de diez euros!

Revistas un poco rotas.

Libros viejos.

Botellas vacías.

Botella con un mensaje secreto dentro, que no se puede sacar.

Tomás salió trotando de la casa y se alejó por un callejón.

Esa noche lo había pasado en grande.

El sol brilló sobre la Gran Manzana Roja y sobre la cara de Tomás y poco a poco se fue convirtiendo en un niño.

Siete

Una noche, Tomás iba trotando hacia casa de Sigrid cuando vio dos sombras pequeñas caminando por un callejón.

Eran dos murciélagos.

Los murciélagos charlaban y se reían. El más pequeño tenía el pelo larguísimo. De vez en cuando se lo pisaba y se caía al suelo, pero no se quejaba.

Hacía varias noches que Tomas veía a esos murciélagos.

Volaban de una casa a otra y se colaban por las ventanas.

Luego se alejaban volando hacia la casa gris con forma de sombrero de copa.

Tomás se lo contó a Sigrid mientras jugaban
a Hacer Rodar Latas Vacías, que era uno de los
juegos preferidos de Tomás.

Se subieron al tejado.

—Allí –señaló Tomás señalando la casa gris.

Sigrid se quedó callada un buen rato. Luego dijo.

—¿Te gustaría saltar encima de las sillas
de colección de mi padre?

Sigrid invitó a Tomás a saltar encima de la silla
G. Huderffhot, mientras pensaba en el misterio
del ratoncito Pérez.

También saltaron encima de la silla *Greentime*.

Y de la silla *HB34*.

Incluso sobre la peligrosa silla giratoria llamada
Espriguicadeira – Reposera.

Cuando acabaron, Sigrid había tenido una idea.

Bajaron por el canalón del desagüe y salieron
a pasear por las calles.

Caminaron por la Avenida de los Olmos

Y bordearon el parque de los sonámbulos.

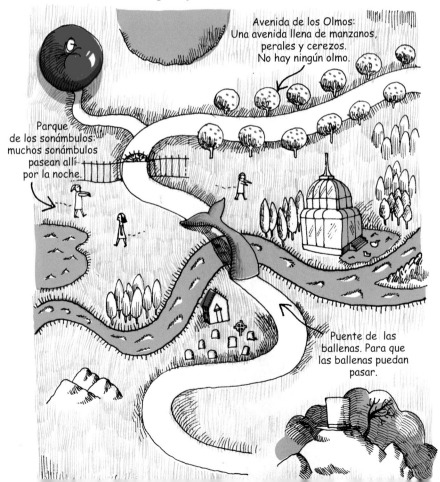

Atravesaron el puente de las ballenas y llegaron
a la casa gris con forma de sombrero de copa.

Sigrid se puso de puntillas y miró por una
de las ventanas.

Vio una habitación muy grande y muy oscura.

Escuchó un horrible sonido.

Era el sonido más espantoso del mundo.

Sigrid se tapó los oídos.

Un armario se abrió y de él salió
un hombre muy alto y delgado
como un lápiz. ¡El doctor
Van Muelas!

Su ayudante salió de un cajón
del armario. El doctor Van Muelas
y su ayudante bostezaron y mostraron
unos colmillos largos
y afilados como el de Sigrid.

—Mi querido Otorrine,
¿nos queda sobrasada? Me
he despertado con un hambre
de mil demonios –exclamó
el doctor Van Muelas.

Otorrine salió de la habitación y al momento regresó con una bandeja de sobrasada y un poco de pan tostado.

—*Parfoite*. No hay nada tan delicioso como un canapé de sobrasada –exclamó el doctor. (Sigrid tuvo que reconocer que eso era cierto)–. Y para acompañar, un buen vaso de sangre fresca –añadió el doctor descorchando una botella de color rojo.

Sigrid puso cara de asco.

El doctor Van Muelas y su ayudante se sentaron a desayunar mientras el doctor repasaba una lista de papel que había sacado de uno de sus bolsillos.

—¡Espléndido!, esta semana hemos tenido muchos clientes. En total suman…, a ver, a ver… cinco niños con caries que no nos sirven para nada y cuatro sin colmillos. ¡Nuestra fórmula está siendo todo un éxito!

El doctor se comió la última rebanada de pan con sobrasada antes de que su ayudante pudiera alcanzarla y dijo:

—Me parece que esta noche tenemos mucho trabajo. Si todo sigue así, dentro de muy poco esta ciudad estará llenita de vampiros –luego lanzó una enorme risotada que a Sigrid le resultó muy familiar–. ¿Cuántos colmillos nos quedan, querido amigo? –preguntó el doctor.

Su ayudante Otorrine se sacó de uno de los bolsillos una bolsita llena de colmillos afilados y los dejó caer sobre la mesa.

—¡Qué recuerdos me traen todos estos colmillos! –exclamó el doctor con aire compungido–. Este, mi querido Otorrine, perteneció a mi difunta tía

Transfusina, que murió de anemia; y este otro a mi primo Sanguino, muerto por empacho de sobrasada. Este soberbio colmillo era de mi abuelo Anemio, que murió por una intoxicación de ajos; y este dulce y tierno colmillito era de mi abuelita Eosinófila, que probó el gazpacho; y de mi primita Ferritia; y de mi cuñado Hemoglobino... ¡Toda una estirpe de vampiros desaparecidos! ¡Pronto volveremos a dominar la tierra! –exclamó agitando un dedo en el aire.

Inmediatamente el doctor Van Muelas y su ayudante se convirtieron en dos murciélagos negros y salieron volando por una ventana.

Ocho

Los murciélagos pasaron por encima de Sigrid y Tomás.

Tomás comenzó a ladrar.

—Chist, calla –le dijo Sigrid.

Sigrid dio vueltas alrededor de la casa hasta que encontró una ventana abierta. Tomás le dejó que se apoyara sobre su lomo para saltar por la ventana.

Sigrid había saltado por una ventana, pero nunca había entrado de noche en casa de nadie.

—No tengas miedo –le dijo Tomás–, yo vigilaré –y se quedó junto a la ventana.

Sigrid caminó de puntillas.

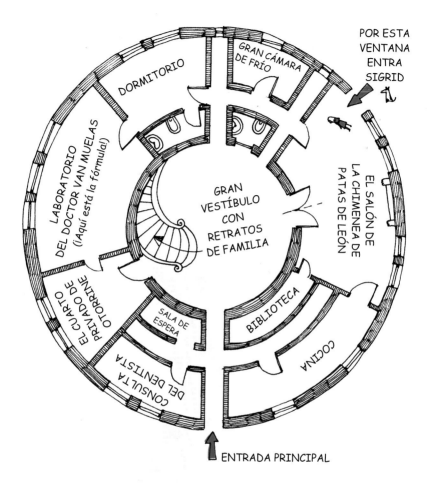

Atravesó salones y largos y oscuros pasillos.

Abrió todas las puertas.
Y todos los cajones.
Dentro de un cajón había algo interesante.

Sigrid lo leyó:

"FÓRMULA DEL AZÚCAR PUTREFACTA"

Batir una docena de pasteles de crema caducados junto con diez gominolas de hace un año.

Añadir unas gotas de vinagre de manzana y mezclar todo con un poco de nata estropeada. Unas gotas de pegamento antiguo le darán ese sabor delicioso que encanta a los niños.

Se puede adornar con tinta de colores. Ideal para perder los dientes, muelas y colmillos. Actúa de manera muy eficaz, sobre todo en colmillos.

¿Azúcar putrefacta?

Sigrid continuó leyendo.

Junto a la fórmula había una bolsa.

Sigrid la abrió y miró dentro. Justo lo que ella pensaba.

La bolsa estaba llena de chucherías durísimas.
Las más duras del mundo.

Bastones de caramelo.

Almendras garrapiñadas.

Kikos gigantes.

Manzanas caramelizadas.

Turrón duro del año pasado.

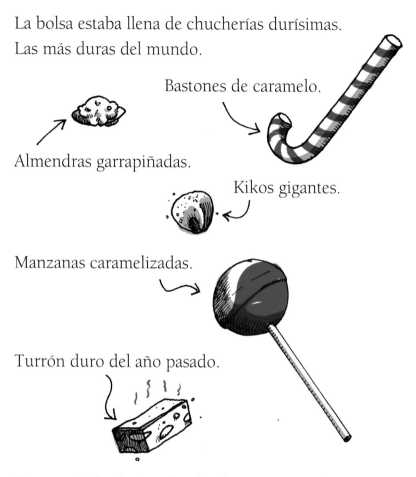

Era una de las bolsas de chucherías más peligrosas
que había.

Todas las golosinas que había dentro eran
exquisitas, pero durísimas. Si algún niño las hubiera
mordido de pronto, con seguridad se habría partido
un diente.

Y si las hubiera chupado, o lamido, o simplemente saboreado, también se le habría caído un diente, porque el azúcar de esas chucherías era un azúcar especial.

Maligno.
Peligroso.

Se llamaba el azúcar putrefacto.

El doctor Van Muelas había trabajado en la fórmula del azúcar putrefacto durante años. El doctor Otorrine le había ayudado.

El doctor Otorrine había perdido algunos de sus dientes durante los experimentos, pero no le importaba porque a él no le importaban los dientes, sino el pelo.

Sigrid volvió a guardar la bolsa en el cajón, pero se metió la fórmula dentro de un bolsillo y corrió hacia la ventana.

Tomás le dejó que volviera a pisar sobre su lomo para salir de la casa.

—Gracias –dijo Sigrid–. Eres un perro muy valiente.

—Solo soy un perro por las noches, por el día soy un niño –gruñó Tomás.

—Ahora ya no soy una niña –le recordó Sigrid–. Ahora soy un vampiro –dijo con orgullo. Se sentía especial.

—Solo eres medio vampiro –le aclaró Eimi–. A los vampiros les gusta la sangre.

—A mí no –dijo Sigrid con cara de asco.

—Los vampiros pueden volar –añadió Eimi.

—Yo no –meditó Sigrid con tristeza.

—Cuando puedas volar una noche entera, serás un vampiro completo –le explicó Eimi–. Pero cuando eso ocurra, ya nunca podrás volver a ser una niña.

—Me gustaría volar –murmuró Sigrid sin escuchar a Eimi.

Eimi sacudió la cabeza preocupada y comenzó
a peinarla.

Mientras le hacía un nuevo peinado extravagante
le contó que sus padres habían encontrado
un colegio a para ella.

Era un colegio para Niños
Extraordinarios y estaba
abierta todo el día
y toda la noche.

—¿Yo soy una niña
extraordinaria?

—Ahora sí, porque eres
medio vampiro
–le dijo Eimi poniéndole
el pijama.

Sigrid saltó dentro de la
funda del violonchelo y
durmió un poco nerviosa
pensando en el colegio
con nombre especial.

La noche siguiente,
Sigrid se despertó
como de costumbre y

consultó la revista de últimas tendencias de peinados
extravagantes que le había dejado Eimi.

Le había señalado con un círculo rojo el más
extravagante de todos.

Luego eligió el vestido de Miu–miu, que era uno
de sus favoritos.

Y guardó un bocadillo de sobrasada en su cartera.

Eimi también le había dejado una nota:

Sigrid eligió una manzana y también la guardó en su cartera.

El Colegio de Niños Extraordinarios estaba escondido en *El Callejón Sin Salida*, también conocido como *No Way*. Eimi le había dibujado un mapa.

Al callejón se llegaba por unas escaleras que subían y bajaban por todos los tejados de la ciudad.

Al final de las escaleras había una trampilla secreta que daba al callejón, y allí había una farola. Para entrar en la escuela tenías que empujar una puertecita muy estrecha que había en la farola. Junto a la farola vivía un hombre gigantesco y muy muy gordo.

El gigante no iba al Colegio de los Niños
Extraordinarios porque él no era un niño, sino un
hombre; además, aunque lo había intentado,
no cabía por la puerta. Pero se encargaba de vigilar
la entrada de la escuela durante la noche.

A cambio los niños le daban una manzana todos los días.

Esa mañana Sigrid le dio una manzana al hombre gigante. Ese día estuvo muy atenta cuando la profesora de Anatomía explicó el famoso caso del Niño de Hojalata y sus problemas con las burbujas.

Y cuando desvelaron el truco del famoso caso del Niño Menguante, que sabía cómo encogerse hasta meterse en un dedal (el gigante también lo escuchó todo apoyando la oreja detrás de la puerta).

Y cuando el profesor de Educación Física especial explicó el famoso caso del Niño Rebotante, que ganó un partido de baloncesto metiéndose en la canasta él mismo.

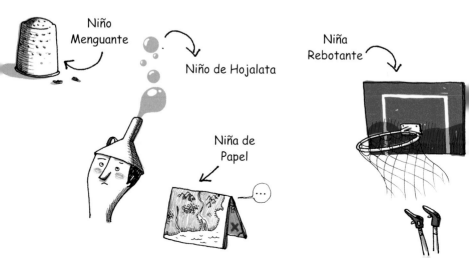

También resolvió el enigma de la Niña de Papel,
que escondía el plano de un tesoro.

Al acabar la escuela Sigrid escuchó una noticia.
Habían llegado dos niñas nuevas al colegio
y también eran vampiros.

Todo el mundo las conocía por el nombre de las
gemelas Gómez-Calcerrada y no paraban de llorar.

—No queremos
ser vampiros.
—Ser vampiro no
es tan malo –les dijo
Sigrid–; además,
es extraordinario.
—Nosotras queremos
ser modelos
–exclamaron las
gemelas sin dejar
de llorar.

Sigrid sacudió la cabeza
muy triste. Había llegado
el momento de actuar.

Diez

Sigrid despertó a Eimi antes de que amaneciera.

—Toma –dijo y le dio la fórmula del azúcar putrefacto. También le pidió que hiciera una de sus comidas más relajantes.

Eimi trabajó durante todo el día, y al llegar la noche metió el azúcar putrefacto en un frasquito que le dio a Sigrid. También le dio una bandeja con una suculenta comida relajante.

La comida relajante estaba cubierta con un mantelito blanco.

Eimi la había cocinado siguiendo la fórmula de Comidas Soporíferas. Esa era la fórmula más relajante de todas. Si comías Comida Soporífera te dormías inmediatamente en tres minutos.

Durante semanas.
Meses y años.

—Así que cuidadito –le dijo Eimi preocupada–; en tres minutos –le recordó.

Sigrid miró debajo del mantelito y sonrió satisfecha. Era justo lo que le había pedido.

Sigrid eligió una vieja gabardina blanca de su padre y memorizó un peinado extravagante.

También eligió una de las sillas de colección. Era la famosa silla *Rolling-Road*, también conocida como silla rodadora.

Tomás estaba en el callejón, esperándola, como todas las noches.

Tomás no se quejó mientras dejaba que Sigrid sujetara la silla a su lomo con dos riendas.

—¿Para qué es esto? –preguntó Tomás un poco molesto.

—Perdona –dijo Sigrid–, solo será por esta noche. Vamos a correr una aventura.

Sigrid se sentó en la silla y cogió la bandeja.

Tomás tiró de la silla rodadora, pero antes pasaron por el Colegio de los Niños Extraordinarios y le pidieron al gigante que los acompañara.

—No me importa acompañaros a correr una aventura, pero antes os contaré una buena historia

–meditó el gigante, y les contó la historia del Niño de Pies de Plomo que caminaba tan despacio que jamás se tropezaba o se caía. Sigrid escuchó el relato con mucho interés y le prometió al gigante que caminaría con mucho cuidado. A cambio Sigrid le contó al gigante la historia del gigante que consiguió meterse dentro de una farola.

—Pero antes tuvo que dejar de comer demasiadas manzanas –añadió Sigrid.

El gigante meditó sobre la extraordinaria historia que le había contado. *¡Un gigante dentro de una farola!*, pensó, y esa noche se propuso dejar de comer tantas manzanas.

Y decidió acompañarlos.

Los Niños Extraordinarios se despidieron de sus compañeros y cada uno le dio un consejo distinto. Tomás los memorizó todos. Un consejo es una ayuda y una ayuda siempre es útil. Eso tenéis que recordarlo.

Por el camino, Sigrid le pidió al gigante permiso para disfrazarlo.

Le hizo un peinado extravagante y le puso una gabardina de su padre de color blanco.

Luego subieron por el camino que iba a la casa gris.

Fue un camino muy difícil. Era muy empinado y cada vez costaba más y más avanzar por él. El camino se inclinaba y se inclinaba como si quisiera empujarlos hacia atrás, pero Tomás resoplaba y tiraba de la silla y el gigante ayudaba empujando. Durante el viaje se abrieron enormes agujeros en el camino que intentaban tragárselos. Algunos se abrían y se cerraban, y alrededor de los bordes brillaban piedras afiladas como los dientes de un dragón. El gigante los sorteaba dando grandes zancadas. Sigrid y Tomás recordaban la historia del niño con pies de plomo y miraban con atención cada paso que daban.

Once

Cuando llegaron a la casa con forma de sombrero de copa, el gigante llamó a la puerta y Sigrid se escondió detrás de unos arbustos.

Oyeron unos pasos.

Un crujido.

Y la puerta se abrió.

El doctor Otorrine entornó los ojos con sospecha. Había un carricoche tirado por un perro enano, y sentado en el carricoche un hombre gigantesco con un extraño peinado le ofrecía una carta.

Otorrine leyó la carta.

La carta decía:

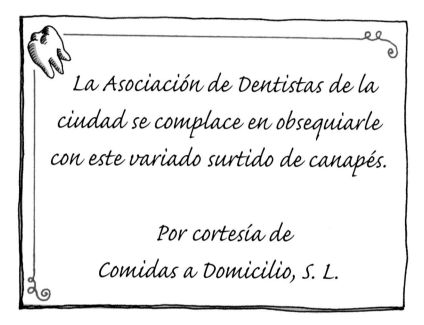

La Asociación de Dentistas de la ciudad se complace en obsequiarle con este variado surtido de canapés.

Por cortesía de
Comidas a Domicilio, S. L.

El gigante sonrió con todos sus dientes y le ofreció una bandeja.

El doctor Otorrine miró la bandeja y levantó el mantelito. Debajo del mantelito había una docena de exquisitos canapés de sobrasada.

Otorrine cerró la puerta sin dar las gracias.

Sigrid asomó la cabeza.

—Ahora tenemos que esperar—dijo, y el gigante, Tomás y Sigrid se sentaron a esperar mientras jugaban a Recoger Basura en el Campo.

Mientras tanto el doctor Otorrine miraba
la bandeja llena de deliciosos canapés
de sobrasada y pensaba…

Desde hacía años, todas las noches
el doctor Van Muelas y él desayunaban
juntos.

Pero el doctor Van Muelas se lo
comía todo y el doctor Otorrine nunca
se quejaba.

El doctor Van Muelas y Otorrine llevaban muchos
años corriendo aventuras.

El doctor Van Muelas había encontrado a Otorrine
comiendo unas hierbecitas junto a un lago de Suecia,
y lo había salvado de morir envenenado por unas
bayas.

Más tarde lo había salvado de morir ahogado
en el lago.

Y después, de morir atropellado
por su propio coche.

Desde entonces, Otorrine seguía
al doctor Van Muelas por todo
el mundo.

Otorrine suspiró.

El doctor Van Muelas era su mejor amigo, pero se comía todos los canapés de sobrasada.

Otorrine suspiró y decidió que solo se comería un canapé. El doctor Van Muelas no lo notaría.

Luego pensó que nadie notaría si se comía otro.

Y otro.

Y otro.

Y finalmente se dijo que el doctor Van Muelas había engordado mucho y que debía de dejar de comer tantos canapés.

Entonces se comió el último...

Y con ese pensamiento se quedó profundamente dormido.

Doce

Sigrid, Tomás y el gigante esperaban.

Un minuto.

Y otro.

Y otro.

Hasta que pasaron tres minutos. Entonces Sigrid corrió hasta la ventana y miró.

La habitación del doctor Van Muelas estaba vacía y en la casa no se oía nada.

—Ya están dormidos –dijo Sigrid.

Y antes de que Tomás o el gigante se dieran cuenta, Sigrid dio un extraordinario salto y se coló por una ventana.

—¡Oh! Eso ha sido un salto extraordinario –exclamó el gigante.

—¿Cómo has hecho eso? –le preguntó Tomás.

—No lo sé –dijo Sigrid y comenzó a caminar por un largo y oscuro pasillo.

Todo estaba en silencio.

Sigrid andaba de puntillas.

Al final del pasillo vio un bulto. Era el doctor Otorrine que roncaba a pierna suelta.

¿Y el doctor Van Muelas?

Un enorme cazamariposas cayó sobre Sigrid.

El doctor Van Muelas lanzó una sonora carcajada.

Sigrid sintió un escalofrío. Tomás y el gigante también.

—Algo va mal –dijo el gigante. Tomás asintió con la cabeza.

Sigrid estaba atrapada. El doctor Van Muelas la miraba mientras la sujetaba por los pies. En esa posición Sigrid lo veía todo al revés.

—¡Niña boba! ¿Qué le has hecho a mi ayudante?

El doctor Van Muelas la sacudía con fuerza.

Sigrid daba puñetazos al aire, pero ninguno acertaba al doctor.

El doctor Van Muelas abrió una jaula y de un golpe metió a Sigrid dentro.

—Te quedarás aquí dentro, sin comida, sin agua, sin amigos, hasta que te conviertas en un montón de huesecitos pequeños y sucios. Entonces, con tus huesecitos mandaré construir un xilófono con el que

tocaré la terrible historia de la niña entrometida. Será
una canción tristísima que hará llorar a tus padres
y a tus amigos.

> *Esta es la historia de la niña entrometida*
> *que se metió ella sola en la oscura guarida.*
> *Nadie pudo salvarla, ni volver a abrazarla,*
> *Y fue muy fácil poder olvidarla.*

Tomás y el gigante escucharon la canción
y se pusieron muy tristes.

Sigrid, en cambio, dijo:

—No soy una entrometida, soy una niña
extraordinaria.

El doctor Van Muelas la miró con curiosidad.

—¿Y qué tienes de extraordinario? –preguntó acercando muchísimo la cara a la jaula.

—Tengo un colmillo nuevo y, además, doy saltos extraordinarios.

El doctor Van Muelas esbozó una sonrisa al reconocer el colmillo.

—Niña tonta, te estás convirtiendo en un vampiro y dentro de muy poco ya no podrás volver a ser una niña.

Entonces Sigrid recordó lo que le había dicho Eimi; había sido algo acerca de volar, o saltar, o brincar. Lo cierto es que no estaba segura de que eso fuera una desventaja, así que no se preocupó mucho.

Pero Tomás y el gigante sí.

Hacía ya rato que daban vueltas alrededor de la casa sin saber qué hacer.

Sigrid estaba atrapada.

Y el doctor Van Muelas podía seguir adelante con sus planes.

Tenían que ayudar a Sigrid… pero ¿cómo?

Trece

Al principio Tomás comenzó a ladrar.

Ladró.

Aulló.

Gimió.

Mordió.

Gruñó. Y dio saltos.

Pero no consiguió nada; entonces recordó los consejos que le habían dado los Niños Extraordinarios.

La Niña de Papel les había dicho:

—Para ser una niña de papel tienes que saber usar un lápiz.

Tomas escribió una nota y se la dio al gigante. El gigante la leyó, asintió con la cabeza y echó a correr hacia la ciudad con enormes zancadas.

El Niño Topo les había dicho:

—Para ser un buen niño topo tienes que saber cavar un agujero.

Tomás cavó con las patas hasta que hizo un agujero muy profundo delante de la puerta de la casa con forma de sombrero de copa.

El Niño de
Lata le había dicho:

—Para ser un niño de lata
tienes que hacer mucho ruido.

Tomás aporreó la puerta,
le dio patadas, la arañó
y la pateó.

El Niño Invisible le había dicho:

—Para ser un buen niño invisible,
tienes que desaparecer a tiempo.

Tomás se escondió detrás de unos
matorrales un segundo antes de que el doctor
Van Muelas abriera la puerta.

El Niño Rebotante le había dicho:

—Para ser un buen niño rebotante tienes que saber
hacer canasta.

Entonces Tomás le dio un fuerte empujón
al doctor Van Muelas.

El doctor Van Muelas dio un traspié y cayó dentro
del agujero.

Tomás echó a correr dentro de la casa. Atravesó

un largo pasillo al final del cual dormía el ayudante
Otorrine, se detuvo y olisqueó el aire para saber
dónde estaba Sigrid.

El olor le llevó hasta una gigantesca habitación.

En el centro colgaba una jaula y dentro
estaba Sigrid.

Sigrid le sonrió. Tomás movió el rabo de alegría.

—Me alegro de verte –le dijo Sigrid y le señaló unas llaves que el doctor Van Muelas había colgado de un clavito.

Pero entonces una sombra oscura y monstruosa se abalanzó sobre él, lanzando una aterradora carcajada que a Tomás le recordó al sonido de una taladradora. Era un murciélago enorme de gigantescas alas negras; Tomás se agachó y la sombra pasó rozándolo con sus garras afiladas.

Entonces Tomás recordó el último de los consejos. Se lo había dado el gigante antes de salir de la escuela.

—Para ser un buen niño perro tienes que saber morder –le había dicho al oído.

Y Tomás lo mordió con fuerza.

El doctor Van Muelas lanzó un sonoro alarido.
Tomás apretaba su tobillo con los dientes. El doctor
Van Muelas cayó al suelo pataleando y chillando
de dolor.

Tomás lo tenía preso y no iba a soltarlo, pero
el doctor Van Muelas era muy grande y muy fuerte
y Tomás sabía que no iba a poder aguantar mucho
más tiempo.

En ese momento, cuando ya casi no podía más,
entró el inspector Pistas acompañado del gigante.

—Vaya, vaya, por fin nos vemos las caras –dijo
dirigiéndose al doctor Van Muelas–. Buen trabajo
–añadió dirigiéndose a Tomás, e inmediatamente
sacó un silbato que llevaba colgado de uno de sus

bolsillos y dos policías apresaron al doctor
Van Muelas. Luego el inspector Pistas abrió la jaula
en la que estaba Sigrid.

—Llevaba mucho tiempo intentado atrapar a este
bandido. Gracias a la carta que me trajo el gigante
todo encajó. Él ha sido el culpable de esta plaga
de caries que han sufrido los niños de la ciudad.

Sigrid escuchaba al inspector Pistas, pero sabía
que aún tenía algo que hacer. El doctor
Van Muelas había repartido algunos de sus colmillos
por la ciudad y ella debía evitar que los niños
los encontraran bajo las almohadas. Si no, todos
acabarían convirtiéndose en vampiros.

El día se iba acercando y les quedaba muy poquito
tiempo.

—Yo iré dando grandes zancadas –dijo el gigante.
—Yo correré lo más rápido que pueda –dijo
Tomás.
—Yo iré volando—dijo Sigrid.

Tomás la miró con preocupación, sabía lo que eso
significaba. Sigrid se iba a convertir en un vampiro
completo.

Catorce

Sigrid consultó la lista.

—Primero iremos a la Casa Mandarina China,
donde viven los gemelos Pilón. Y luego visitaremos a
Cecilia Moreno, a la pequeña Mariana G. Chimpón,
a los hermanos Tristes… y la Torre Plátano Caribeño
y la casa con forma de papaya…

Tomás resopló.

El gigante se despidió de ellos dando grandes
zancadas.

Tomás echó a correr colina abajo.

Y Sigrid…

Sigrid de pronto se
convirtió en un pequeño
murciélago.

Sigrid voló sobre la ciudad y
visitó todas las casas de los niños.

Entró en el apartamento de la Casa Mandarina
China por una ventana.

Y en la Casa Papaya por una de las chimeneas,
y en la Torre Plátano Tropical por el balcón.

Voló sobre toda la ciudad y destruyó todos los dientes de vampiro.

El doctor Van Muelas había dejado muchos colmillos debajo de muchas almohadas.

Sigrid los sacaba con mucho cuidado y los iba echando dentro del frasquito del azúcar putrefacto.

Los colmillos se agujereaban.

Se ponían negros y desaparecían.

Visitó a las gemelas Gómez-Calcerrada, que dejaron que Sigrid les frotara los colmillos con un algodoncito empapado en el azúcar putrefacto.

Las gemelas corrieron a mirarse en el espejo. Saltaban de alegría.

Antes de que amaneciera, ¡ya no quedaba ni un colmillo de vampiro en toda la ciudad!

¿Ni uno?
¿Seguro?

Tomás se reunió con Sigrid y también el gigante.

Tomás miró el colmillo de Sigrid.

—Tienes que frotártelo con la fórmula del azúcar
putrefacto para que se te caiga –dijo Tomás–.
Si lo haces antes de que amanezca, dejarás de ser
un vampiro.

—Mañana –dijo Sigrid.
—Mañana –volvió a decir Sigrid cuando
caminaban hacia su casa.
—Mañana –contestó Sigrid cuando Tomás se lo
recordó.
—Mañana –le gritó Sigrid desde la ventana cuando
volvió a repetírselo. Luego, le tiró un zapato.

Quince

Sigrid no quería dejar de ser un vampiro.

Si dejaba de ser un vampiro ya no podría ir al Colegio de los Niños Extraordinarios.

Porque a pesar de sus peinados extravagantes, y de las sillas de colección de su padre, a lo mejor no era tan extraordinaria.

Además ya había aprendido a volar, aunque aún no había volado una noche entera. Estaba a punto de amanecer y tenía que tomar una decisión.

—Aún no eres un vampiro completo –le recordó Eimi con alivio. Eimi la había estado esperando despierta.

Pero Sigrid no quería quitarse el colmillo. Con el colmillo se sentía extraordinaria.

Entonces Eimi tuvo una idea.

Todo el mundo en la gran ciudad hablaba del caso del azúcar putrefacto.

Las gemelas Gómez-Calcerrada salían en televisión

Y la foto del doctor Van Muelas estaba en todos los periódicos.

Eimi comentó las noticias con Sigrid mientras probaba un nuevo peinado extravagante.

—Alguien descubrió los planes del doctor Van Muelas, y su fórmula del azúcar putrefacto. Supongo que eso no tendrá nada que ver con esa fórmula que me diste…

Sigrid no dijo nada.

Eimi continuó:

—El Doctor Van Muelas iba a convertir a todos los niños de la gran ciudad en vampiros, pero alguien lo impidió después de darle una comida Soporífera. Supongo que eso no tendrá nada que ver con la comida relajante que me pediste que cocinara…

Sigrid se miró los pies.

—No importa –dijo Eimi–; sea quien sea el que ha resuelto el caso, debe de ser alguien extraordinario.

Sigrid se estiró de los calcetines.

—Por cierto: tu padre ha comprado una silla de colección nueva –dijo Eimi dando el último retoque a su peinado–. Y date prisa o llegarás tarde a la escuela.

Pero Sigrid no fue al colegio esa noche.

Ni se reunió en el callejón con Tomás.

Tenía que tomar una gran decisión.

Por eso se subió a la nueva silla.

Y saltó.

Y salto.

Y saltó.

Cuando se cansó de saltar, sacó un frasquito muy pequeño que llevaba en uno de los bolsillos.

Aún le quedaba un poco de azúcar putrefacto.

Miró el frasquito y se tocó el colmillo.

Con una gota se lo frotó.

Tiró de él.

Y lo sacó.

Pero no se deshizo de él.

Ya no era un vampiro. Pero ¿y si un día...?

Sigrid guardó el diente en la bolsita roja de terciopelo y metió la bolsita debajo de la almohada.

El ratoncito Pérez no existe, pensó antes de dormirse.

El señor Mellegren soñaba con platillos volantes

La señora Mellegren soñaba que tomaba el sol en Miami.

Esa noche la calefacción de la Gran Manzana Roja no subió de temperatura.

Dieciséis

Aquella mañana, Sigrid encontró algo debajo de la almohada.

Era una carta.

La carta decía:

El Colegio de los Niños Extraordinarios
estaría encantado de tenerla
entre sus alumnos más especiales.
Por eso se complace en comunicarle
que ha sido nombrada la alumna
más extraordinaria del año.
¡La esperamos para el próximo curso!

Firmado:
La Extraordinaria señorita Amelia.

¡Aún era una Niña Extraordinaria! Corrió
a enseñarle la carta a Eimi.

—Parece que el ratoncito Pérez te ha dejado
un regalo –le dijo Eimi.

—El ratoncito Pérez no existe –contestó Sigrid
sin dejar de mirar la carta.

Eimi la ayudó a elegir la ropa y le hizo un peinado
nuevo.

—¿Aún te gusta la sobrasada?
–le preguntó Eimi.

—No, ya no –contestó Sigrid.

Eimi le metió un paquete de
galletas de jengibre en la cartera.

Sigrid corrió al Colegio de
los Niños Extraordinarios.

En la puerta de la
escuela, Sigrid se
tropezó con un niño.

—Hola –le dijo el niño.

A Sigrid le resultó tremendamente familiar.

—Ya te dije que solo soy un perro por las noches
–le dijo Tomás.

El gigante les abrió la pequeña puerta de la farola
y los dejó pasar. También les guiñó un ojo.

Después buscó en la lista el nombre de un alumno
nuevo que acababa de llegar.

—¿Y cómo dices que te llamas? –le preguntó el gigante.

—Ratoncito Pérez –contestó el niño.

El gigante señaló su nombre con un círculo rojo y le abrió la puertecita de la escuela.

Luego se sentó a disfrutar de las manzanas que le habían dado los niños.

Por fin había llegado el buen tiempo.

La señora Mellegren tomaba el sol en Miami.

Eimi apagaba la calefacción de la Gran Manzana Roja.

Y el señor Mellegren miraba por su telescopio James Webb, de última generación, con el que se podía ver todo todo todo…

Hasta los platillos volantes.

FIN

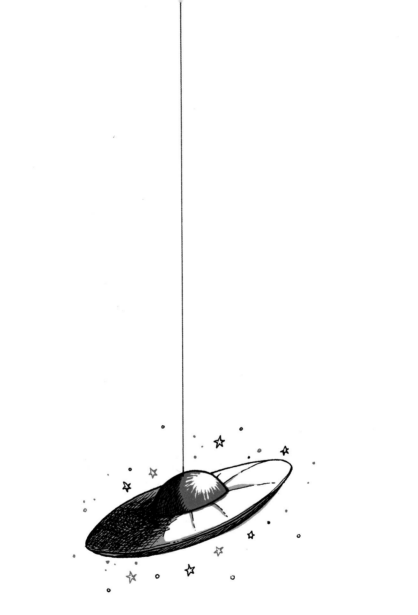

9